August Ludwig Reyscher

Die wahren Ursachen des Deutschen Kriegs: Was werden wir thun?

Antigonos

August Ludwig Reyscher

Die wahren Ursachen des Deutschen Kriegs: Was werden wir thun?

Unveränderter Nachdruck der Originalausgabe von 1866.

1. Auflage 2024 | ISBN: 978-3-38636-803-2

Antigonos Verlag ist ein Imprint der Outlook Verlagsgesellschaft mbH.

Verlag: Outlook Verlag GmbH, Zeilweg 44, 60439 Frankfurt, Deutschland, info@outlook-verlag.de
Vertretungsberechtigt: E. Roepke, Zeilweg 44, 60439 Frankfurt, Deutschland
Druck: Libri Plureos GmbH, Friedensallee 273, 22763 Hamburg, Deutschland

Die wahren Ursachen

des

Deutschen Kriegs.

Was werden wir thun?

Von

A. L. Reyscher.

Dritte, vermehrte Ausgabe.

Stuttgart.
Verlag von A. Kröner.
1866.

Druck von Gebrüder Mäntler in Stuttgart.

Der fabelhafte Siegeslauf der preußischen Armeen, vom Ueber=
schreiten der sächsischen Grenze am 16. Juni an, hat wohl schon
manche Umwandlung in der öffentlichen Stimmung nach sich gezogen;
doch stehen sich, wenigstens im südwestlichen Deutschland, wie die
Versammlung zu Stuttgart am 12. Juli gezeigt hat, und wie einige
Blätter, z. B. der „Beobachter“, die jetzt in Stuttgart erscheinende
„Neue deutsche Zeitung“ (der Staatsanzeiger hat einstweilen seinen
Redacteur gewechselt), noch täglich darthun, die politischen Parteien
noch unversöhnt gegenüber. Die Presse darf daher nicht müde wer=
den, die Lage der Sache aufzuklären und einseitige Urtheile zu be=
richtigen, wie dieß im Jahr 1859 bei dem italienischen Kriege, wo
die Wogen in Württemberg und Bayern sehr hoch gingen, von dem
Verfasser dieses geschehen ist.*) Wie damals, so geht dieser auch jetzt
wieder von der Ansicht aus, daß jede Krankheit, auch eine Staats=
krankheit, nur zu heilen ist mit Rücksicht auf die Ursachen, woraus
sie hervorgegangen. Es muß daher kurz erinnert werden an die
politische Lage, worin sich Preußen und worin sich Deutschland be=
fanden nach dem Mißlingen der Bewegung vom Jahr 1848 und 1849,
nach der Wiedereinsetzung des Bundestages im Jahr 1850.

König Friedrich Wilhelm IV., welcher die deutsche Krone, dar=

------

*) „Die Sarden in Mailand.“ „Was bedeutet der Kampf in Italien und was
ist erreicht?“ „Deutsches Kriegsheer und Parlament.“ „Wer ist getäuscht?“ Beobachter
136, 167 und 168, 172, 177. Vergl. die Verh. der württ. Abgeordneten über die
Kriegsrüstungen v. 2. Mai 1859, S. 2722, 2728.

gebracht von einer kleinen Mehrheit der Nationalversammlung zu Frankfurt, ausgeschlagen, sodann aber, nach dem Rathe von Radowitz, versucht hatte, eine freiwillige Union mit 28 deutschen Fürsten, die sich ihm anschlossen, zu gründen, verwand die ihm in Folge dessen zu Warschau und Olmütz bereitete Demüthigung theils aus Furcht vor einem Kriege mit Oesterreich und den Mittelstaaten, theils aus Abneigung vor der Revolution, die er in dem deutschen Parlamente und auch noch in dessen Ableger zu Erfurt verkörpert sah, theils endlich (unglaublich, aber doch wahr) im romantischen Rückblick auf alte Zeiten, wo der Kurfürst von Brandenburg, als des Reiches Kämmerer, dem Kaiser das Wasser bot. Alles geschah jetzt, um Oesterreich zufrieden zu stellen. Preußische Pioniere halfen den österreichischen Truppen über die Elbe, um Schleswig-Holstein an die Dänen auszuliefern. In Hessenkassel ging der preußische Kommissär, Herr v. Peuker, Hand in Hand mit dem österreichischen Kommissär bei Vollziehung der Bundesbeschlüsse, welche bezweckten, das Land für seine Anhänglichkeit an Gesetz und Verfassung und — für seine Theilnahme an der preußisch-deutschen Union mit Aufhebung der Verfassung und mehrjährigem Kriegszustand zu bestrafen. Der preußische Minister Manteuffel folgte dem Fürsten v. Schwarzenberg nach Dresden zu den Konferenzen über Revision der Bundesverfassung und erlangte nicht einmal, was schon 1815 von Oesterreich zugesagt, aber nachher wieder zurückgenommen worden war — ein gemeinschaftliches Präsidium am Bundestage. Preußen ging sogar so weit, Oesterreich den Eintritt in den Bund mit seiner gesammten Monarchie zuzugestehen, was jedoch, wie überhaupt die ganze armselige Dresdener Revision, an dem Widerstreben der Mittelstaaten glücklich noch scheiterte.

Ein Stachel blieb aber in der Brust des Königs von Preußen bis zu seinem Tode zurück, und auch das preußische Volk sah sich gekränkt durch die politische Niederlage, welche ganz Deutschland getroffen hatte, obgleich man sich sagen mußte, daß das preußische Kabinet sie durch sein schwankendes Verhalten mitverschuldet habe, oder richtiger, daß mit dem schwankenden König die Reichsverfassung gegen ben Willen der Großmächte und der deutschen Mittelstaaten gar nicht durchzusetzen war. Wie im übrigen Deutschland, so folgte auch in Preußen selbst eine politische Reaktion, welche, wenn auch nicht. wie in Oesterreich, die Beseitigung, so doch eine wesentliche Schmälerung der Verfassung bewirkte, worunter das Land noch jetzt zu leiden hat.

Nachdem Preußen ebenso wie in den Jahren 1815—40 sich in das Schlepptau von Oesterreich hatte nehmen lassen, wurde Herr v. Bismarck nach Frankfurt geschickt, der hier die diplomatische Laufbahn als Gesandter begann und bald seine Aufgabe darin erkannte, eben so sehr gegen Oesterreich und gegen den von diesem geleiteten Bund zu sein, wie er früher als Mann der Junkerpartei für Oesterreich und gegen das Parlament gewesen war. „Wie Schuppen war es ihm von den Augen gefallen," so soll er sich vor Kurzem über seine Heilung am Bundestag von der früheren Verblendung gegen den Berichterstatter des Siècle ausgedrückt haben. Genauer sprach er sich in einem Briefe aus Petersburg an den preußischen Minister v. Schleinitz vom 12. Mai 1859 über seine Erfahrungen in Frankfurt dahin aus: „In den acht Jahren, welche ich in Geschäften zu Frankfurt hingebracht habe, hat das Resultat aller meiner Erfahrungen mir die innigste Ueberzeugung verschafft, daß die gegenwärtige Organisation des Bundes für Preußen in Friedenszeiten eine Last und in kriegerischen Zeiten eines der gefährlichsten Bande ist, ohne uns dafür dieselben Vortheile zu sichern, welche Oesterreich daraus zieht, indem es dabei eine verhältnißmäßig weit größere Unabhängigkeit sich erhält. Die beiden (deutschen) Großmächte werden von den Fürsten und Regierungen der Mittelstaaten nicht in gleicher Weise beurtheilt. Die Auslegung des Zwecks und der Gesetze des Bundes richtet sich nach der österreichischen Politik." Herr v. Bismarck war empört bei dem Gedanken, daß durch eine Majorität am Bunde und mittelst einer durch österreichischen Einfluß mißleiteten Presse der preußische Staat gegen seinen Willen und seine Interessen in einen Krieg hineingezogen werden könnte, und er meinte, daß auch preußischer Seits auf die Presse, obgleich er auf ihre Unabhängigkeit keine großen Stücke hält, mehr eingewirkt werden sollte. Das Hauptmittel gegen die herrschende Bundeskrankheit fand er aber in einer Heilung ferro et igni, wozu die gelegene Zeit abzuwarten wäre. Schon die einfache Auflösung des Bundes, meinte er, wäre ein Gewinn für Preußen, das alsdann mit den deutschen Nachbarstaaten in bessere und natürlichere Beziehungen treten könnte. Er faßte aber auch schon die Eventualität eines neuen deutschen Bundes in das Auge, indem er beifügte: „wenn wir mit unsern Vaterlandsgenossen auf eine engere und praktischere Weise verbunden sein werden, dann erst werde ich gerne auf unsern Bannern das Wort „deutsch“ statt „preußisch“ lesen;“ jenes Wort verliere aber seinen Zauber, wenn es fälschlicherweise angewendet werde auf den gegenwärtigen Bund.

Dieses vertrauliche Schreiben, welches erst vor Kurzem durch einen Abdruck in dem Journal des débats vom 13. Juni 1866 bekannt geworden, enthüllt vieles in der Bismarck'schen Politik. Dasselbe erklärt zunächst, aus welchen Gründen Preußen bei dem italienischen Kriege im Jahre 1859 neutral geblieben ist, so sehr auch die Volksstimmung im südlichen Deutschland damals auf eine Theilnahme zu Gunsten Oesterreichs, und zwar, wie Einzelne wollten, durch einen direkten Vormarsch nach Paris (!) hintrieben. Wäre Bismarck am Ruder gesessen, so hätte jedenfalls über die Absichten in Berlin kein Zweifel entstehen können. Indessen war Bismarck damals noch weit von der Verwirklichung seiner Plane entfernt. Um die Zeit der Zusammenkunft Napoleons III. mit dem Prinzregenten von Preußen im Sommer 1860 rieth er auf's Dringendste zu einer Annäherung an Frankreich, wodurch Preußen — so meinte er — seinen gefährlichsten Nachbar für eine deutsche Einheit ebensowohl günstig stimmen könnte, wie Viktor Emanuel denselben für die Einheit Italiens gewonnen hatte. Aber der Prinzregent, welcher gleich nach Uebernahme der Regentschaft ein liberales Ministerium eingesetzt und dadurch moralische Eroberungen gemacht hatte, widerstand und antwortete kurz: „Unsinn.“ Bismarck reiste wieder nach Petersburg, woher er gekommen war.

Der Prinzregent hatte in die Zusammenkunft mit Napoleon nur gewilligt unter der Voraussetzung, daß auch einige andere deutsche Fürsten zugegen seien. Kaum aber hatten die Monarchen das schöne Baden verlassen, so kam wieder die Eifersucht und das Mißtrauen der mittleren, kleinen und kleinsten Fürsten in offiziösen Blättern (z. B. dem württembergischen Staatsanzeiger) zum Vorschein. Aus hohem Munde wurde sogar die Aeußerung vernommen: „Lieber französisch, als preußisch!" — Worte, welche im Munde eines späteren württembergischen Ministers noch einen schärferen Zusatz erhielten und in dem offiziellen Blatte Württembergs mit Wärme gerechtfertigt wurden, obgleich eine weit gelindere Aeußerung, welche der hannover'sche Minister v. Borries zuvor gethan, eine allgemeine Entrüstung in Deutschland hervorgerufen hatte. Diese Aeußerungen blieben in Berlin, wohin sie adressirt waren, nicht unbeachtet, erzeugten aber eine nicht beabsichtigte Wirkung, indem Preußen nunmehr die freundlichsten Beziehungen mit Frankreich anknüpfte und damit den Mittelstaaten zuvorkam. Bismarck ward Gesandter in Paris und, nachdem er dort das Feld für sich günstig gefunden hatte, Minister-Präsident in Berlin.

Bismarck adoptirte zunächst in der deutschen Frage den Standpunkt, welchen sein unmittelbarer Vorgänger im auswärtigen Amte, Graf v. Bernstorff, in einer Cirkular-Depesche an die Gesandten vom 20. Dez. 1861 vorgezeichnet hatte. Darin waren die Vermittlungsvorschläge des k. sächsischen Ministers v. Beust, bezweckend einige Veränderungen in der Bundesverfassung, abgelehnt und folgende Grundsätze als maßgebend für die preußische Politik aufgestellt worden: 1) der Bund muß auf seine rein (?) völkerrechtliche Grundlage zurückgeführt werden, und es sind die Bundesverträge auf die Bestimmungen einzuschränken, welche die Integrität und die Sicherheit der Bundeslande garantiren; 2) eine engere Vereinigung der Bundesstaaten in allen Materien, welche dem inneren Staatsrecht angehören, ist dem freien Vertragswege zu überlassen; 3) jede Umgestaltung des Bundes hat die realen Machtverhältnisse des Staates zum Ausgangspunkt zu nehmen. — Dieses Programm, welches dem bisherigen

deutschen Bund jede Entwicklung in bundesstaatlicher Richtung ab=
sprach, stimmte in soferne mit dem 1848 aufgestellten sog. Gagern=
schen Programm überein, als es einen engeren Anschluß deutscher
Staaten unter dem preußischen Staatsoberhaupt vorbehielt; aber
es unterschied sich darin von den nationalen Bestrebungen, und
noch mehr von den Versuchen der für ihre Souverainetät besorgten,
wenn schon einer eigenen Territorial=Erweiterung nicht abgeneigten
mittelstaatlichen Regierungen, daß es nicht den Bund zum Gegen=
stand einer Reform im bundesstaatlichen Sinne machte, sondern vor=
aus erklärte, daß die Zusammenfassung staatlicher Gegensätze, welche
schon den bisherigen Organismus zu einem unmächtigen stemple, nicht
weiter angestrebt werden könne, daß vielmehr der Bund jener staats=
rechtlichen Attribute, welche ihm die Bundesakte und die nachgefolg=
ten organischen Gesetze verliehen, zu entkleiden sei. Dies hing natür=
lich nicht von der preußischen Regierung allein ab, sondern es gehörte
dazu nach der Bundesverfassung Stimmeneinhelligkeit, wenn nicht die
Veränderung etwa mit Gewalt durchgesetzt werden wollte. Dennoch
wollte das Bernstorff'sche Cirkular auch nicht auf dem 1848 einge=
schlagenen radikalen Wege, mittelst einer hierzu berufenen consti=
tuirenden Nationalvertretung, zu einer engeren Einrichtung gelangen,
sondern es sollten Sonderverträge mit einzelnen Regierungen, ähnlich
den Zollvereins=Anschlüssen, das Mittel darbieten, zunächst um die
Wehrkräfte Preußens im Norden Deutschlands zu verstärken; wogegen
Preußen schon im Jahr 1859 bereit war, die Führung des 7. und 8.
Armeekorps im Süden an Baiern zu überlassen.

Eine kleine Schrift, welcher wir auch obiges Rundschreiben ent=
nehmen, vertheidigte den neuen Standpunkt der Berliner Kabinets=
Politik unter dem Titel: „Ein preußisches Programm in der deut=
schen Frage", Berlin bei Springer 1862. Der anonyme Verfasser
soll kein anderer sein, als der Nachfolger Bismarcks auf dem Ge=
sandtschaftsposten zu Paris, Graf von der Goltz, derselbe gewandte
Diplomat, welcher vor nicht langer Zeit, ehe noch die gegenseitige
Rüstungs= und Abrüstungsfrage auftauchte, in Berlin anwesend war,
nicht, wie die Blätter behaupteten, um Bismarck zu ersetzen, sondern

um sich bei ihm, wie es in wichtigen Fällen üblich, die Instruktionen für sein ferneres Verhalten zu holen. Ich notire aus dieser im entschiedensten Tone geschriebenen Schrift wenige Sätze, worin die neupreußische Politik zu erkennen ist: Ohne eine kräftige Konsolidirung Preußens ist eine Konsolidirung der deutschen Verhältnisse undenkbar. Der erste Schritt also, den Preußen zu thun hat, ist: sich selbst wiederzufinden, aus dem Katechismus seiner Politik die „moralischen Eroberungen", die „Sympathien Deutschlands" überall da auszumerzen, wo diese auf politischem Boden sehr ephemeren und sehr leicht wiegenden Früchte nur mit reellen und vollwichtigen Opfern zu erlangen sind. Ferner: „ein lakonisches Nein in Frankfurt und einzelnen Regierungen gegenüber in allen Angelegenheiten, die nicht mittelbar oder unmittelbar ein positives preußisches Interesse fördern — das ist unserer Ansicht nach das erste Wort zur Lösung des deutschen Räthsels." Der Schluß lautet: „Eine Lösung mit dem Schwerte steht der deutschen Frage hoffentlich nicht bevor. Wenigstens ist Preußen ihr schon einmal (1850) ausgewichen, als Oesterreich mit seinen süddeutschen Bundesgenossen nicht davor zurückschreckte. Ebensofern liegt Preußen die Anwendung revolutionärer Mittel. Was bleibt also übrig, als ein festes Vorgehen auf einem Wege, auf welchem Preußen zuerst sein eigenes Machtgebiet herstellen und sodann auch zwingende Momente finden kann, seinen Einfluß bei den Bundesgenossen wieder geltend zu machen."

Eines Kommentars zu diesen Rathschlägen oder Vorsätzen bedarf es nicht, und wenn einer vonnöthen, so ist derselbe durch die neuesten Vorgänge geliefert.

Das preußische Kabinet blieb nicht bei der Politik der Negation stehen. Es setzte den französischen Handelsvertrag im Zollvereine durch (1862), trotz der lebhaften Protestation Oesterreichs und der Opposition mehrerer Zollvereinsstaaten, welche den 1852 in Aussicht genommenen Beitritt Oesterreichs zum Zollverein durch die verabredeten niederen Zollsätze gefährdet erklärten. Ebenso den Handelsvertrag mit Italien, welcher gleiche Anstände wegen der dadurch involvirten Anerkennung dieses neuen Königreichs hervorrief;

ferner mit England und Belgien. Dadurch führte sich Preußen gewissermaßen als Führer Jung-Deutschlands bei den westeuropäischen bedeutenderen Staaten ein, während diese zugleich die Ueberzeugung gewinnen mußten, daß eine solche Direktion den diversen politischen und kommerziellen Sympathien und Antipathien der Staaten und Stäätchen Deutschlands gegenüber nothwendig sei.

Auch der überseeische Verkehr wurde von Preußen in das Auge gefaßt und allmälig eine eigene Kriegsmarine zum Schutze des preußischen und mittelbar des deutschen Seehandels geschaffen. Dieser Schutz ist auch nothwendig. Die deutsche Handelsflotte ist nach der englischen die stärkste in Europa. Die norddeutschen Schiffe, welche zur See gehen, tragen zusammen 1,200,000 Last à 2000 Pfund, worunter preußische Schiffe mit 382,000 Last. Die österreichisch-venetianische trug bisher 350,000 Tonnen, wird aber in Folge des Verlusts Venetiens noch weiter zurückgehen. Während die österreichische Novara eine interessante wissenschaftliche, besonders geologische Reise um die Welt machte, schickte Preußen einige seiner Schiffe nach China und Japan, um diese entfernten Reiche auch für die deutsche Industrie und den deutschen Handel durch Verträge mit den dortigen Regierungen zu erschließen.

Soll Deutschland eine seinem Handel entsprechende Seemacht bilden, so muß es auch seine gesicherten Werften und Seehäfen haben. Jedermann, auch Oesterreich, ist darüber einig, daß Kiel als Kriegshafen ersten Rangs in der Ostsee und die Fortifikationen in Rendsburg und Alsen zum Schutze des deutschen Nordens unter preußische Hoheit kommen sollen. Preußen, das zur Befreiung der Herzogthümer Schleswig, Holstein und Lauenburg das Meiste beigetragen, verlangt aber nicht blos dieß, sondern die Herzogthümer selbst mit einer Gesammtbevölkerung von nahezu 1 Million, mindestens die Militärhoheit in denselben, während Oesterreich in dem Wiener Vertrag vom 30. Oktober 1864 gemeinsam mit Preußen sich von Dänemark dessen (?) Rechte auf den Besitz der Elbherzogthümer hat abtreten lassen. In dem Vertrage zu Gastein verkaufte Oesterreich seine Hälfte von Lauenburg an Preußen; Schleswig-Holstein aber, welches bem alten Rechte nach ungetrennt beisammen bleiben sollte, wurde mit Preußen getheilt, so daß dieses nun auch Schleswig in seinen ausschließlichen Besitz erhielt, während Holstein in den Besitz Oester= reichs überging. In diesen einseitigen und doch keinen Theil befriedigenden Abmachungen lag der erste Keim zu dem jetzigen Kriege. Nicht um die Rechte des Prinzen von Augustenburg oder die Installirung eines neuen deutschen Souveräns war es Oesterreich wie Preußen zu thun. Jenes rieth gleich bei Beginn des dänischen Kriegs, den Prinzen durch Gefangensetzung abzuhalten, nach Holstein zu gehen, wodurch man aber in Berlin sich nicht unpopulär machen wollte. Später trug Preußen bei Oesterreich, als dem Besitzer Holsteins, darauf an, den Prätendenten nöthigenfalls mit Gewalt zu entfernen; nun wollte aber wieder Oesterreich nicht. Preußen schaltete in Schleswig wie in einem eigenen Lande; als aber Oesterreich die holsteinischen Stände versammeln wollte, um über die künftige Ordnung sich auszusprechen, sah Preußen darin eine Verletzung des Gasteiner Vertrags und machte sein Mitbesitzrecht an Holstein wieder geltend. Für Oesterreich hatte der Besitz von Holstein, gleichsam einer verlorenen Schildwache im entfernten Norden, weniger Werth, als für Preußen; aber Oesterreich glaubte eine größere ein= seitige Machtvergrößerung Preußens nicht zugeben zu können, ohne eine territoriale Ausgleichung. Mit anderen Worten: das Einver= ständniß beider Mächte und damit die vermuthlich letzte Probe des Dualismus in Deutschland zerschlug sich daran, daß das rechte Ausgleichungsobjekt nicht gefunden wurde. In der That soll Bismarck vor Beginn des Konflikts die Garantie Venetiens als Gegenleistung Oesterreich angeboten haben, dieses Offert aber von dem Grafen v. Mensdorff zu leicht gefunden worden sein. Immerhin wird man Oesterreich, das so tapfer zur Erkämpfung der Herzogthümer mitge= wirkt und deßhalb ein dankbares Andenken dort zurückgelassen hat, andererseits nicht den Vorwurf ersparen können, daß es Preußen bei seinen Annektirungsversuchen zuerst behilflich gewesen. Aber auch der deutsche Bund, welcher bis heute über das große v. d. Pfordten'sche Gutachten in Betreff der Successionsfrage nicht schlüssig geworden ist,

sondern stillschweigend geschehen ließ, was die beiden Vormächte für
sich über zwei Bundeslande verfügten, kam mit seiner Entrüstung
gegen Preußens gewaltsames Vorgehen jedenfalls zu spät, erst in
einem Augenblicke, wo Oesterreich die militärische Position jenseits der
Elbe faktisch aufgab und deßhalb über Hannover eilig die Kalik'sche
Brigade zurückzog, nachdem Hannover und Sachsen, welche früher mit
der Besetzung Holsteins beauftragt waren, auf Beschluß des Bundes
längst ihre Truppen zurückgerufen hatten. Uebrigens hat Preußen
Schleswig=Holstein sich noch nicht förmlich annektirt, sondern nur nach
dem Abzug Oesterreichs nun auch Holstein in alleinigen Besitz genom=
men. Wie die Stellung der Herzogthümer zu Preußen und zu Deutsch=
land künftig sich gestalten soll, wird von dem zu erwartenden Frie=
densschlusse abhängen.

Mittlerweile haben sich die Bismarck'schen Pläne weiter entwickelt
— durch den bei dem Bunde gestellten Antrag auf eine Bundes=
reform unter Ausschluß Oesterreichs und der niederländischen Bun=
destheile (Luxemburg und Limburg mit 426,000 Einwohnern), durch
die Drohnoten an die k. Regierungen in Sachsen und Hannover
wegen dortiger Kriegsrüstungen, weiterhin durch den förmlichen Austritt
Preußens aus dem Bund in Folge der angedrohten Bundesexekution,
endlich durch das kriegerische Vorgehen Preußens wider Oesterreich
und andere Bundesstaaten, welche sich auf die Seite Oesterreichs
gestellt hatten. Zwischenherein erfolgte die abermalige Auflösung der
preußischen Kammer der Abgeordneten und die angeordnete Neuwahl
derselben, nebst anderen Schritten, welche zeigten, daß eine Nach=
giebigkeit der Krone auch in der inneren Politik vorerst nicht zu
erwarten sei. Und doch warb Bismarck zu derselben Zeit für die
von ihm angekündigte Institution eines deutschen Parlaments,
als Mitfaktors bei der künftigen Bundesgesetzgebung; und zwar sollte
dieses Parlament gewählt werden nach dem von der Nationalver=
sammlung zu Frankfurt ausgegangenen Reichswahlgesetz von 1849,
welches ein fast unbeschränktes aktives und passives Wahlgesetz für
den späteren Reichstag anerkennt. Durfte man in so ernster Zeit
und in der schwierigen Lage des preußischen Staats, der, abgesehen

von der geheimen italienischen Allianz (10. April), ganz auf seine eigenen
Kräfte angewiesen war, nicht an einen leichtfertigen coup de théâtre
denken, ersonnen, um auch einer deutschen Volksvertretung ihre Ohn=
macht zu zeigen, so meinten dagegen Andere, indem sie bereits den
Untergang Preußens verkündigten, die Verzweiflung hätte in Berlin
jenes populäre Anerbieten hervorgerufen, oder Graf Bismarck schicke
sich an, wie Reineke Fuchs, vor aller Welt Buße zu thun, bevor er
verurtheilt werde. Allein so ganz frisch war der Gedanke eines
deutschen Parlaments nicht aus dem fruchtbaren Kopfe Bismarck's
hervorgewachsen. Schon 1863, als Preußen von dem k. k. österr.
Reform=Entwurfe fast ebenso sehr überrascht wurde, wie die übrige
Welt, hatte Bismarck, der eben mit seinem Herrn gemüthlich sich in
Baden befand, während die glänzende Fürstenversammlung zu Frank=
furt a. M. unter dem Vorsitze des Kaisers tagte, dem hier ange=
nommenen Delegirten=Projekt (welches beispielsweise in Württemberg
bei den Wahlen nach Frankfurt durch die vereinigten Kammern ähn=
liche Resultate geliefert hätte, wie bei der Bestellung des ständischen
Ausschusses und den Wahlen zum Staatsgerichtshof) den Vorschlag
eines wirklichen Parlaments mit direktem allgemeinem Wahlrecht ent=
gegengesetzt.

Warum hat die Mehrheit der Bundesversammlung jetzt, da
Preußen diesen Vorschlag ordnungsmäßig einbrachte, nicht den darge=
reichten Oelzweig ergriffen, um, wenn auch nicht dem Kriege, worauf
die „bundestreuen" Regierungen gar nicht vorgesehen waren, zu be=
gegnen, so doch ihn aufzuschieben und den Liberalismus des preußi=
schen Ministers der auswärtigen Angelegenheiten auf eine ernste
Probe zu stellen? Vor einem deutschen Gesammtparlamente, zusam=
mengesetzt aus freigewählten Abgeordneten des deutschen Nordens und
Südens, wenn auch mit vorläufiger Beiseitlassung Oesterreichs, wie
in der Reichsverfassung von 1849, hätte Graf Bismarck Farbe be=
kennen, er hätte sich aussprechen müssen, wie die neue „Bundesge=
walt" beschaffen sein solle, wie weit er die Rechte der einzelnen Staa=
ten noch respektire und ob er das Parlament etwa zu einer gleichen
Ohnmacht verurtheilen wolle, wie das preußische Abgeordnetenhaus.

Und das berufene Parlament würde sich, mit Einschluß der Mehr=
zahl der preußischen Mitglieder, gegen den deutschen Krieg erklärt
haben. — Allein die souveränen deutschen Höfe, welchen zum Theil
schon das österreichische Reformprojekt von 1863 zu weit gegangen
war, wollten meist kein Parlament, so wenig aus den Händen des
gewaltigen Bismarck, als aus der Verlassenschaft der Frankfurter
Nationalversammlung, deren Beschlüsse sie entweder nicht oder nur
nothgedrungen anerkannt und nachher wieder verläugnet hatten. Sie
zogen den Krieg vor; ja der Bismarck'sche Reformversuch war, trotz
des darin konservirten Bundestags, für den grünen Tisch im Bun=
despalast zu Frankfurt ein Grund weiter für den Krieg, in=
dem die Ueberzeugung obwaltete, daß Oesterreich siegen, die Souve=
ränetäten nochmals garantiren und den alten Bund nebst dem ge=
bemüthigten Preußen in die dunkle Eschenheimer Gasse zurückführen
werde.

So bekamen wir diesen Krieg, und wollte Gott, man könnte
sagen: wir hatten den Krieg; denn noch stehen sich die Heere bei
Wien, am Rhein und Main u. s. w. (wo sind nicht die Preußen?)
schlagfertig gegenüber, wenn auch vom 22. Juli ab eine Waffenruhe
auf kurze 5 Tage zwischen den Hauptbetheiligten verabredet und einst=
weilen Waffenstillstand mit Demarkationslinien allerseits ab=
geschlossen wurde.

Schwierig und unrühmlich hat sich in diesem Kriege die Lage
der deutschen Mittel= und Kleinstaaten gezeigt, welche nicht je für sich
kriegsfähig sind, sondern nur als Bundesglieder an einer gemein=
samen Aktion theilnehmen können. Die Kriegsverfassung des Bundes,
wie sie aus einer Anzahl von alten und neuen Bundesbeschlüssen und
Zusätzen hervorgegangen, ist so künstlich geordnet, daß jeder, auch
der kleinste Bundesstaat, seine Souveränetät darin gewahrt findet,
aber auch so schwerfällig und gefährlich eingerichtet, daß der alte
österreichische Kriegsrath, welcher von Wien aus die entfernten
Schlachten lenkte, eine Musteranstalt dagegen war. Glücklicher Weise
ist die Wahl eines obersten Bundesfeldherrn, mit dem Befehl über
sämmtliche 10 Bundesarmeekorps, seit der Stiftung des Bundes

nicht vorgekommen. Im Jahr 1859 beantragte zwar Oesterreich die Wahl des Prinzregenten von Preußen zum Oberfeldherrn; aber gleichzeitig mit diesem Antrag kam auch die Nachricht von dem Waffenstillstand zu Villafranca und darauf die Zurückziehung jenes Antrags nach Frankfurt. Auch in dem gegenwärtigen Krieg agirte die österreichische Armee unabhängig von dem Bunde. Die sächsischen Truppen, welche zum 9. deutschen Armeekorps gehören, haben sich bekanntlich dem österreichischen Heere angeschlossen; die hannover'schen, nachdem es „nicht möglich" geworden, sie für die Bundesarmee zu retten, sind von den Preußen nach Hause entlassen worden. Andere Kontingente des 9. und 10. Armeekorps standen theils auf preußischer Seite, theils in den Bundesfestungen, oder sie haben — nach mehreren Wochen — ihre Vereinigung mit dem 7. (Baiern) und mit dem gemischten 8. Armeekorps bei Würzburg vollzogen. Der Befehlshaber dieses achten, von Württemberg, Baden und Hessen-Darmstadt gestellten Heerkörpers, Prinz Alexander von Hessen, wurde gleich Anfangs durch Anordnung des Bundes dem Befehlshaber des 7. Bundeskorps, Prinz Karl von Baiern, untergeordnet, welcher sich wieder mit dem österreichischen Generalissimus in Böhmen, Feldzeugmeister v. Benedek, in's Einvernehmen setzen sollte, dem jedoch später nach verändertem Kriegsschauplatz Erzherzog Albrecht vom Kaiser vorgesetzt wurde. Unter den Befehlshabern der gemischten Korps (des 8. 9. und 10.) standen wieder die Anführer der dazu gehörigen Landesarmeen (des württembergischen, badischen Korps u. s. f.) mit einer gewissen Selbstständigkeit, und es ließ sich nicht verhindern, daß dieselben von ihren respektiven „Kriegsherrn" oder deren Ministern geheime Weisungen von Haus aus mitbekamen oder im Felde nachgeschickt erhielten, während der Bundesfeldherr allerdings nur der Bundesversammlung verantwortlich ist, welche aber nicht aus Militärs, sondern aus den Gesandten der einzelnen Staaten besteht, und neben dem Militärausschuß (wieder einzelnen Bundestagsgesandten), einer technischen Militärkommission (aus Offizieren bestehend) zu ihrer Unterstützung bedarf. Genug, um die traurigen Mißstände, welche sich bei der Führung, Verwendung und Verpflegung des 7. und

8. Armeekorps herausgestellt haben, erklärlich zu finden. Und diese militärische Organisation Deutschlands, bei welcher ein Bundeskrieg, zumal einem einheitlich geführten Heere gegenüber, gar nicht mit Aussicht auf Erfolg geführt werden kann,*) wünscht man auch jetzt noch zu konserviren; man will namentlich nicht auf die Militär= macht im Frieden, wo man sich auf den Krieg zu bereiten hat, zu Gunsten einer einheitlichen Leitung und eines deutschen Wehr= systems verzichten — auf die Gefahr hin, bei dem nächsten Anprall von außen ganz Deutschland wieder in Gefahr zu bringen. (Oder um „lieber französisch als preußisch" geleitet zu sein?)

Wir haben niemals verschwiegen, was uns an den Bismarck'schen Mitteln und Wegen bedenklich, zum Theil verwerflich erschien. Eine verfassungsfeindliche Politik im Innern bot eben keine Versuchung dar, sich der auswärtigen Leitung Preußens anzuvertrauen. Wir sind auch keine Anbeter des Erfolgs; wir halten die Selbstbestimmung der Herzogthümer wie der andern deutschen Staaten innerhalb der Schranken, welche durch die Verfassung und das Bedürfniß der Na= tion gesetzt sind, noch jetzt für ein unbestreitbares Recht, obgleich für den Augenblick dieselbe durch den Krieg nahezu aufgehoben ist. Wir ehren nach wie vor das konsequente Festhalten des dreimal aufgelösten preußischen Abgeordnetenhauses und des preußischen Volkes an seiner Verfassung, obgleich die konservative oder junker= lich=pfäffische Partei eine Anzahl weiterer Stimmen bei der Neuwahl gewonnen hat. Aber wir halten nicht, wie die sog. Volkspartei, an gewissen ausgesprochenen demokratischen Lehrsätzen oder an per= sönlichen Sympathien oder Antipathien fest — auf die Gefahr hin, die hohen nationalen Ziele, wofür wir seit Jahrzehnten gekämpft, zu verlieren. Wenn Preußen an der Stelle des bisherigen Bundes einen Bundesstaat mit 36 Millionen Einwohner fertig bringt und kei=

---

*) Dieß ist nachgewiesen in der Flugschrift III. des Nationalvereins: „Die Bundeskriegsverfassung", Coburg 1861 (später wiederholt gedruckt). Vergl. die Erör= terungen über die deutsche Frage, insbesondere die Kriegsverfassung auf dem württemb. Landtag von 1861. S. 2797, 3945, 3949 der Prot. der Abg.

nen Unterschied zwischen Norden und Süden, keine Mainlinie zuläßt, so werden wir dem wunderbar raschen Gange der Dinge uns nicht deßhalb entgegenstemmen, weil nicht eine Volkserhebung, wie 1848, sondern ein Kabinetskrieg und ein diplomatisches Schachspiel den Ausschlag gegeben haben.

Wir werden auch die Parlamentswahlen mit Freude vollziehen und können nur wünschen, daß der Anerkennung des Reichswahlgesetzes von 1849 auch die der Reichsverfassung aus derselben Zeit (Aenderungen auf dem von ihr bestimmten Wege vorbehalten) bald nachfolgen möge.*) Damit wären nicht blos neue umständliche Berathungen über ein, noch nicht einmal vorbereitetes, neues Verfassungswerk abgeschnitten, sondern es würden zugleich die durch kriegerische Gewalt erzielten Erfolge einen für das öffentliche Gewissen und die Rechte der Nation versöhnenden, ehrenvollen Abschluß erhalten. Auch die Zwistigkeiten zwischen Regierungen und Ständen, welche seit der Reaktion von 1850 sich in einzelnen Staaten fortgesponnen haben, würden voraussichtlich auf jener Grundlage leichter wieder zur Ruhe kommen. Die schleswig-holsteinischen Stände würden glücklich sein, wie sie voraus schon erklärt haben, der neuen deutschen Verfassung und den Beschlüssen eines deutschen Parlaments sich unterordnen zu können, und auch die preußische Frage von der Militär-Organisation und dem hohen Präsenzstande, wovon der dortige Streit über das Budgetrecht ausgegangen, würde sich von selbst lösen, wenn dem, allerdings unvollständigen und unbefriedigenden Bismarck'schen Reformvorschlage gemäß das Militärbudget aller deutschen Staaten, wie das Marinebudget künftig von dem Gesammtparlament zu berathen und gutzuheißen wäre.

Der verwundbarste Fleck in diesem Reformvorschlage ist nach der Gefühlsanschauung vieler unserer süddeutschen Politiker der Ausschluß Oesterreichs aus dem neuen Bunde. Wir wollen in diesem Augen-

---

*) Seit Obiges geschrieben ist, hat auch die Berliner Volkszeitung diesen Schritt empfohlen.

blicke dem barniederliegenden Oesterreich gegenüber nicht Anklagen wiederholen, wie sie die Geschichte der drei letzten Jahrhunderte aufweist. Es genüge zu sagen, daß die österreichische Regierung schon 1849 erklärt hat, dem Bundesstaate sich nicht anschließen zu können, daß ein solcher Anschluß des großen, viel verzweigten Kaiserstaats mit den ihm jetzt noch bleibenden 34 Millionen in der That auch ein Ding der Unmöglichkeit wäre, daß aber deßhalb Oesterreich das übrige Deutschland nicht ferner hindern darf, sich neu zu gestalten und den bisherigen unnützen Bund abzuwerfen, welcher mehr eine moralische Trennung als ein Band zwischen Oesterreich und Deutschland war. Möge nach den neuen traurigen Erfahrungen Oesterreich, wie nach dem italienischen Krieg von 1859, sich bald wieder aufrichten und gleichfalls enger, aber zeitgemäß innerlich zusammenschließen, damit das Programm von Kremsier endlich wahr werde: ein verjüngtes Oesterreich neben einem geeinigten Deutschland!

Seit Obiges gedruckt worden*), haben sich Oesterreich und Preußen am 26. Juli 1866 zu Nikolsburg über einen Vorfrieden geeinigt, dessen Art. 2 also lautet:

> „Se. Majestät der Kaiser von Oesterreich erkennt die Auflösung des bisherigen deutschen Bundes an und gibt Seine Zustimmung zu einer neuen Gestaltung Deutschlands ohne Betheiligung des österreichischen Kaiserstaats. Ebenso verspricht Se. Majestät das engere Bundesverhältniß anzuerkennen, welches Se. Maj. der König von Preußen nördlich von der Linie des Mains begründen wird, und erklärt sich damit einverstanden, daß die südlich von dieser Linie gelegenen deutschen Staaten in einen Verein zusammentreten, dessen nationale Verbindung mit dem norddeutschen Bunde der Verständigung zwischen beiden vorbehalten bleibt."

---

*) In der Schwäbischen Volkszeitung v. 20.—26. Juli 1866.

In einem Augenblicke, wo die Bevollmächtigten der süddeutschen Regierungen in Berlin sich befinden, um Frieden zu schließen und je besonders das künftige Verhältniß von Baiern, Württemberg u. s. w. zu Preußen zu bestimmen, drängt sich jedem Deutschen die Frage auf: wird die oft besprochene Mainlinie wirklich eine Scheidewand zwischen Norden und Süden bilden; werden die nördlich vom Main liegenden deutschen Gebiete in einen e n g e r e n Bund, in einen Bundesstaat mit dem Großstaate Preußen treten, die diesseits-mainischen Hessen, Badener, Württemberger und Baiern aber gleichsam wie Pfahlbürger außen sitzen bleiben und nur durch ein völkerrechtliches Band mit den bisherigen Bundesgenossen in Nord und Mittel-Deutschland verbunden sein? Der Ausdruck „n a t i o n a l e V e r b i n d u n g" ist unbestimmt und läßt sowohl die eben bemerkte Deutung als auch eine gemischte, sowohl staats- als völkerrechtliche Gemeinschaft zu, wie denn ja auch der bisherige deutsche Bund (confédération germanique) mit einzelnen staatsrechtlichen Zuthaten bekleidet war. Die französischen Vermittlungsvorschläge vom 14. Juli, welche Oesterreich sofort angenommen hat, lauten in dieser Beziehung genauer:

> » Les États Allemands situés au Sud du Main seront libres de former entre eux une Union de l'Allemagne du Sud qui jouira d'une existence internationale indépendante. Les liens nationaux à conserver entre l'Union du Nord et celle du Sud seront librement réglés par une entente commune. «

Daß der süddeutsche Bund nicht mit dem norddeutschen zusammenlaufe, wird hier gleichfalls angenommen und das Charakteristische des ersten darein gesetzt, daß er eine internationale, d. h. völkerrechtliche Existenz habe. Zugleich aber ist ausgesprochen, daß die n a t i o n a l e n Bande zwischen dem Bunde des Nordens und dem des Südens durch freie Uebereinkunft beider Conföderationen werden geregelt werden, was dann wieder zu einem w e i t e r e n Bunde, der die deutschen Staaten diesseits und jenseits des Mains ohne Oesterreich einschlösse, führen könnte. Keineswegs ist aber gesagt, daß jeder

Staat in dem künftigen süddeutschen Bunde für sich wieder vollständig unabhängig sei, oder daß die Regierungen in Baiern, Württemberg, Baden und Hessendarmstadt nicht auf einen Theil ihrer Souveränetät zu Gunsten eines engeren oder weiteren Bundes verzichten können.

Gewiß ist, daß Oesterreich eingewilligt hat, die Neugestaltung Deutschlands ungehindert und ohne Betheiligung von seiner Seite ge= schehen zu lassen; ferner daß durch Aufstellung der Mainlinie der natürliche und geschichtliche Volksverband zwischen Süd= und Nord= deutschland nicht zerrissen werden sollte, wie auch, daß es von der freien Selbstbestimmung der beiden Bünde, nachdem sie sich gebildet haben, abhängen wird, wie sie ihr Verhältniß zu einander, beziehungs= weise zu dem vorbehaltenen weiteren Bunde ordnen wollen. Der norddeutsche Bund, oder der unter preußischer Führung sich bildende Bundesstaat ist bereits gesichert: denn die Verbündeten Preußens (Fürsten und 3 Hansestädte) haben sich bei dem Bündnisse voraus schon hiefür erklärt, und es werden in den einzelnen Staaten bereits die Wahlen zu dem Parlament vorbereitet. Aber der süddeutsche Sonderbund? Hier fehlt es noch an aller und jeder Vorbereitung. Wer soll die Initiative dazu ergreifen? Unter welcher Führung soll dieser halbe oder Viertelsbund stehen? In dem preußischen Reform= vorschlage war wohl an die militärische Führung im Süden durch Baiern gedacht; doch der Bundesgewalt und dem Parlament sollte auch Süddeutschland unterworfen sein. Auch jene militärische Führer= schaft wird aber nicht unbestritten ein für allemal Baiern von Würt= temberg, Baden oder Darmstadt zuerkannt werden wollen; und Baiern selbst wird kaum geneigt sein, eine solche schwierige Aufgabe zu über= nehmen. Soll etwa die militärische Oberleitung im Süden einem auswärtigen Protektor, wie in dem ehemaligen Rheinbunde, ange= tragen werden? Schon jetzt hat sich die öffentliche Stimme überall in Deutschland so bestimmt gegen das gefährliche Projekt eines Süd= bundes ausgesprochen, daß auch die dortigen Regierungen, selbst wenn noch alte Rheinbundsgelüste da oder dort existiren sollten, wohl nicht dazu kommen werden, einen neuen, in sich schwachen und nur für das Ausland einladenden Bund ihren Landen aufzuerlegen.

In dem deutschen Reform-Grundrisse, wie er vor Beginn des Kriegs dem Bundestag zur Annahme empfohlen worden, lag die Unterscheidung zwischen einem norddeutschen und einem süddeutschen Bunde nicht; alle deutschen Staaten, mit Ausnahme der deutsch-österreichischen Lande, welche seit alten Zeiten eine Sonderstellung zu dem deutschen Reiche einnahmen*), und der niederländischen Gebiete Luxemburg (?) und Limburg, wovon dieses erst 1839 als Ersatz für die an Belgien gekommene Hälfte von Luxemburg zum Bunde gekommen ist, sollten unter einer gemeinsamen Bundesgewalt, welcher ein Parlament zur Seite stünde, vereinigt werden. Erst in Folge der von Oesterreich angerufenen französischen Vermittlung ist der neue gefährliche Plan aufgetaucht, und Preußen hat, obwohl siegreich in allen Schlachten, nur um den Vermittler sich nicht zum Feinde zu machen und um wenigstens das berzeit Mögliche zu sichern, sich „damit einverstanden erklärt", daß die bei dem Vorfrieden zu Nikolsburg nicht mitwirkenden Südstaaten zu einem abgesonderten Vereine, vorbehältlich der nationalen Verbindung mit dem norddeutschen Bunde, zusammentreten. Diese Befugniß versteht sich, nachdem durch den Austritt Preußens der alte Bund gesprengt worden, von selbst, wofern nicht bei den im Werke befindlichen Berliner Friedensverhandlungen von den betheiligten Regierungen, Baiern, Württemberg u. s. f. darauf verzichtet wird.

Andererseits läßt sich aber auch Preußen und seinen Verbündeten das Recht nicht abstreiten, die Südstaaten aus irgend welchem Grunde von dem engeren Bunde mit dem Norden entfernt zu halten oder die Zulassung derselben in so lange zu verschieben, bis die nord- und mitteldeutschen Lande jenes engere Bundesverhältniß hergestellt haben. Als Grund für eine solche Verschiebung hat die Kölnische Zeitung die gährenden politischen Elemente des Südens angeführt, welche leicht die Vereinbarung über eine neue Bundesverfassung stören oder hindern könnten. Wir glauben nicht, daß diese Besorgniß ge-

---

*) Daher der Unterschied, welcher bis heute im österreichischen Sprachgebrauch zwischen Oesterreich und „Deutschland" gemacht wird.

gründet ist; jedenfalls würde es wenig Vertrauen zu der politischen Zukunft Deutschlands und zu dem Verstande des deutschen Volkes verrathen, wenn für nöthig gefunden würde, die alten Stämme der Schwaben und Bayern und einen Theil der Bewohner des vormaligen Herzogthums Franken blos beßwegen, weil sie südlich vom Maine zu Hause sind, oder weil man irrthümlicher Weise ihnen einen schädlichen Stammesgeist zuschreibt, von der Mitwirkung bei der Konstituirung des Gesammtvaterlandes auszuschließen.

Eher möchten Rücksichten auf Oesterreich oder Frankreich bestimmend einwirken. Oesterreich hat aber in den Friedenspräliminarien zum Voraus schon seine Zustimmung zu einer Neugestaltung Deutschlands gegeben und auf eine Betheiligung an diesem Geschäfte verzichtet. Wenn gleich nun allerdings ein besonderer Verein der südlichen Staaten vorbehalten wurde, so darf doch nicht unterstellt werden, als ob Oesterreich damit eine Friedensbedingung zu seinem eigenen Vortheil und nicht vielmehr eine Reservation zu Gunsten der bisher mit ihm verbündeten Südstaaten beabsichtigt hätte, oder daß diese genöthigt wären, in einen Sonderbund zu treten, wenn auch ihre Interessen und die Wünsche der Bevölkerungen die dauernde Vereinigung mit dem Norden ihnen räthlich, ja nothwendig machten. Auch eine französische Einsprache gegen einen solchen Anschluß ist, wenn wirklich der Südbund aus guten Gründen nicht zu Stande kommt, kaum zu erwarten.*) Der Kaiser der Franzosen hat an dem Friedensgeschäft nicht weiter theilgenommen, als indem er auf den Wunsch Oesterreichs seine Vermittlungsvorschläge beiden streitenden Mächten mittheilte; der vorläufige Friedensvertrag ist von ihm nicht unterzeichnet, begründet also auch keinerlei rechtliche Ansprüche Frankreichs auf das Zustandekommen eines besonderen Bundesverhältnisses im Süden Deutschlands, selbst gegen den Willen der betheiligten Staaten.

---

*) Die Wiener Congreßacte von 1815, worin die 11 ersten Artikel der Bundesacte aufgenommen sind, weiß nichts von einem besondern Bunde der Südstaaten. Die innere Verfassung Deutschlands ist aber diesem selbst zu überlassen; wir mischen uns ja auch nicht in die Verfassungskämpfe Frankreichs und anderer Staaten.

Auch zu Kompensations= oder Restitutions=Forderungen wegen der vergrößerten Macht Preußens im Norden von Deutschland hat Frankreich keine Veranlassung. Das „europäische Gleichgewicht“ ist nicht dadurch gestört, daß Preußen zu einer Territorialmacht von 24 Millionen anwächst, womit es noch lange nicht den Umfang Frankreichs, Oesterreichs oder gar Rußlands erreicht. Ebensowenig kann von einem Anspruche Frankreichs auf die Grenzen von 1814 oder gar von 1812 ernstlich die Rede sein. Es kam zu Deutschland 1814 und 1815 nur wieder theilweise dasjenige zurück, was vor dem Frieden von Campo=Formio (1797) zum deutschen Reiche gehörte. Will man die abgeschlossenen Friedensverträge, weil durch Krieg erwirkt, überhaupt nicht gelten lassen, dann gibt es keinen sicheren Rechtsbestand unter Völkern, kein europäisches Völkerrecht mehr, sondern nur einen perpetuellen Kriegszustand, ein sog. Faustrecht (jus fortioris), das so lange dauert, bis die Machthaber gegenseitig zur Ueberzeugung gelangen, daß die Throne und Staaten nur feststehen, wenn der Grundsatz gilt: die Verträge müssen gehalten werden (pacta sunt servanda). Außer den Fürsten gibt es aber noch andere Berechtigte; das sind die Völker, welche schließlich über ihre Zukunft zu entscheiden haben. Einem Auskunftsmittel in diesem Sinne würde auch Napoleon III. nach seinen ausgesprochenen Grundsätzen und würden auch süddeutsche Fürsten nicht entgegentreten können: wir meinen die ungesäumte Berufung des in den preußischen Grundzügen vom 10. Juni 1866 vorgeschlagenen und von der Mehrheit der deutschen Regierungen bereits angenommenen deutschen Parlaments, welches in kürzerer Zeit, als unsere Diplomaten und auch als die frühere Nationalversammlung über die Oberhauptsfrage beschließen würde.

Wohl gibt es in Frankreich Stimmen, welche Deutschland die Stärkung seiner Macht und die angebahnte Einheit mißgönnen. Aber diesen Perückenträgern einer verlebten alt=französischen Politik stehen gemäßigte Politiker entgegen, z. B. Gueroult (Opinion nationale), welcher richtig darauf hinweist: ein unfehlbares Mittel zur Verschmelzung des Südens mit dem Norden wäre, daß Frankreich den Willen bekundete, sie zu verhindern. — Das deutsche Volk hat Jahrhunderte hindurch die Hoffnung auf eine feste Wiedervereinigung im Herzen getragen und wird sich den rechten Augenblick zur Erfüllung derselben, unter den Fittigen des alten Aar, nicht wieder entreißen lassen — weder durch äußere, noch durch innere Feinde!